Voici une sorcière. C'est ma grand-
mère. Elle s'appelle Berthe.

Berthe invite ses amis à la maison.

Aujourd'hui Berthe fait une pizza.

D'abord elle prend du pain.

Elle met des tomates.

Puis, elle met des champignons.

Berthe est triste? Non, elle met de l'oignon.

Elle met du jambon...

et du poulet.

Puis, elle met des olives et des sardines.
-Tu aimes les sardines, Berthe?
-Miam, j'adore le poisson, dit Berthe.

Berthe prend une chaussette.
- Non! crie tout le monde.

Elle met des escargots. Berthe **est**
française, n'est-ce pas?

Elle ajoute du fromage et met la pizza dans le four pour vingt minutes.

Berthe's Wordsearch.

Accept the challenge. Photocopy the wordsearch, set yourself a time limit and see how many words you can find. Challenge your friends!

b	f	e	s	e	l	l	e	s
f	r	a	n	c	a	i	s	e
t	o	m	a	t	e	s	c	n
a	m	u	d	g	e	p	a	i
z	a	e	r	n	a	o	r	d
z	g	c	t	i	d	u	g	r
i	e	r	n	v	l	r	o	a
p	o	i	s	s	o	n	t	s
t	u	e	t	u	o	j	a	o

Find:

four	tu	du	pizza	dit
dans	escargot	elle	met	ma
sardines	fromage	tomates	pour	française
pain	poisson	ajoute	et	vingt

Score: /20

Unjumble the red letters in the square to find the mystery word.

Answers on page 18.

Answers to Wordsearch

b	f	e	s	e	l	l	e	s
f	r	a	n	c	a	i	s	e
t	o	m	a	t	e	s	c	n
a	m	u	d	g	e	p	a	i
z	a	e	r	n	a	o	r	d
z	g	c	t	i	d	u	g	r
i	e	r	n	v	l	r	o	a
p	o	i	s	s	o	n	t	s
t	u	e	t	u	o	j	a	o

The hidden word is poulet.

Sandwich Quiz

Can you work out what Berthe has put in this sandwich? Guess the contents from the first letter and shape of the word. Photocopy the picture, then fill in the words and finish the drawing of the sandwich. On another piece of paper draw your own pizza for Berthe and label it in French. Answers are on page 19.

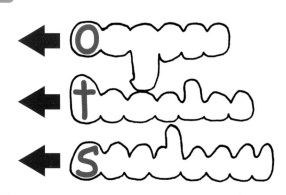

18